VI

L'ALBUM DE SYLVESTRE

Existe-t-il sur la terre une créature humaine plus haïssable que l'être *parfaitement stupide* ? Il n'a d'autre fonction sur terre que de continuer la race.

FERNAND SIEDELMEYER.

RENÉE VIVIEN

L'Album de Sylvestre

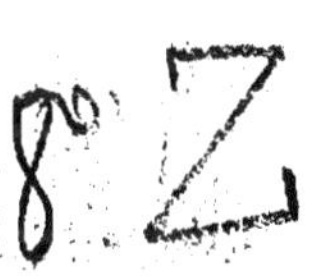

PARIS
E. SANSOT & Cie ÉDITEURS
7, RUE DE L'ÉPERON, 7

MCMVIII

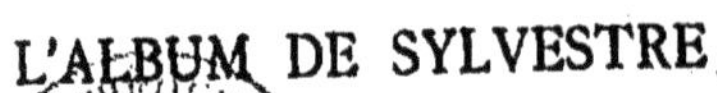

L'ALBUM DE SYLVESTRE

Où chacun de ses amis inscrivit une « pensée » et dont la plupart sont parfaitement idiotes.

RENÉE VIVIEN

L'Album de Sylvestre

PARIS
E. SANSOT & Cie ÉDITEURS
7, RUE DE L'ÉPERON, 7
MCMVIII

I

La profusion est un vice occidental. Elle nous vient d'Amérique. Il faut la haïr et la combattre, n'est-ce pas, ô poète d'Orient, qui n'envoyas jamais à ta maîtresse qu'une seule fleur parfaite?

Oui, oui, ô nous, tous les amants! laissons les gerbes aux fiancés, et souvenons-nous que, tel un cœur ne recélant qu'une image, un beau vase japonais ne contient qu'une fleur.

LÉONARD VIGNER.

II

Voici le décor parfait. Une chambre où règnerait la belle chose unique : tableau, estampe, tapis de prière,... qu'importe ? Les couleurs et les lignes ne seraient que l'accompagnement assourdi de ce chant.

Car voici le bonheur : découvrir une belle chose : joindre les mains et l'admirer.

HENRI HAUSKIER.

III

Il est certain qu'il est des âmes blondes et des âmes brunes, — et je n'oublie point les âmes châtaines, si tendres ! ni les âmes rousses.

Le tout est de savoir de quelle couleur est l'âme de celle qu'on aime.

CLAUDE HORVAULX.

IV

Je ne regretterai point d'avoir vécu... Grâce à une femme, j'ai rencontré sur la terre un être en tous points admirable. C'est là mon bien le plus précieux... Aucune volupté n'égale l'humble et tendre joie de *pouvoir admirer.*

STANISLAS GUILLEMOT.

V

L'amour est une contemplation...

BONIFACE MARCILLIÈRES.

VI

Existe-t-il sur la terre une créature humaine plus haïssable que l'être *parfaitement sain?* Il n'a d'autre fonction sur terre que de continuer la race.

FERNAND SIEDELMEYER.

VII

La gloire n'est plus — la gloire est morte. La réclame l'a tuée. La célébrité vulgaire a pris sa place.

AMÉLIE BROU.

VIII

Heureux celui, — et surtout celle, — qui n'aima point ses parents ! L'affection familiale est funeste à l'individualité, toujours timide dans son éclosion.

Aucun anarchiste moderne oserait-il renier *la famille* comme le fit Jésus-Christ ?

(*Qui est ma mère? et qui sont mes frères?*)

GONTRAN NOEL.

IX

Ce qu'on nomme *la morale*, — religion bâtarde, — est mille fois plus tyrannique et plus borné que la plus écrasante orthodoxie.

Les moralistes ont tous les défauts des prêtres, sans en avoir les vertus.

GEORGES GOGUEL.

X

Comment peut-on prendre la Réformation au sérieux, lorsque l'on songe qu'elle ne se répandit que pour l'amour de deux femmes : l'une belle et charmante, l'autre vulgaire et laide, — Anne Boleyn et Catherine, la nonne apostate qu'épousa Luther.

Les réformateurs ont toujours mauvaise grâce.

Jamais je ne pardonnerai à John Knox d'avoir fait pleurer Marie Stuart.

Tout réformateur qui ne fut point brûlé vif n'eut aucune raison d'être.

JEAN REITER.

XI

Je crois en la divinité du Christ aussi fermement qu'en celle de Bouddha. Le seul culte qui me fasse hausser les épaules est celui de la *Déesse Raison*.

VALÉRIE MARTELET.

XII

Penser est lourd. C'est, comme disait Flaubert de la promenade, un *échignement inutile*. Les plus grands penseurs n'ont jamais pu nous apprendre ce que nous sommes et pourquoi nous sommes. Or toute autre considération est vaine...

ALICE HUIZEN.

XIII

Si la pensée est vaine la sensation est infinie.

POST-SCRIPTUM D'ALICE HUIZEN.

XIV

... Songerons-nous, au moment où le souffle rare s'étrangle dans le râle, à toutes les paroles futiles qui nécessitèrent jadis une si grande dépense d'haleine ?

ROGER HUZZAQUE.

XV

Celui qui n'est point triste à l'approche du soir ne fut jamais malade et ne souffrit jamais.

ARNAULT MYRTON.

XVI

... Que diriez-vous d'une âme malade dans un corps sain ? Et cette âme ne détruira-t-elle point, tôt ou tard, sa prison solide ?

Nul tourment n'est comparable à celui d'une âme qui hait le corps qu'elle habite. Et ce tourment est plus commun qu'on ne pense.

SIMON PLANÈS.

XVII

Les tortionnaires les plus raffinés n'imaginèrent jamais un supplice égal au cancer. D'ailleurs, les plus féroces inventions inquisitoriales ne sont que l'imitation des accidents naturels et des maladies.

Reine Coqueleux.

XVIII

La femme qui a un *bon mari* est terriblement à plaindre.

SOPHIE SAINT-DEST.

XIX

Il y eut, — il y a encore, — des reines adorables. Jamais il n'y eut une présidente belle. Serait-ce une conséquence du nivellement démocratique ?

THOMAS GOINBOURG.

XX

Le piano est plus horrible que l'automobile : car l'automobile passe, tandis que le piano demeure.

MAURICE MAUREL.

XXI

Le piano est démocratique.

MAURICE MAUREL.

XXII

L'ouïe fut pour moi la cause de plus de souffrance que de plaisir.

MAURICE MAUREL.

XXIII

Nos plus belles années sont remplies par le soin de nous défaire, une à une, des opinions imbéciles péniblement inculquées à notre intelligence d'adolescents. Combien de siècles faudra-t-il pour nous défaire enfin de la civilisation ?

MAURICE MAUREL.

XXIV

La femme moderne n'est point coquette : sans quoi jamais elle ne tolèrerait chez elle la crudité révélatrice de la lumière électrique.

Mais la femme moderne est armée de toutes les plus farouches vertus. Elle est laborieuse, elle est économe, elle est d'une redoutable franchise. Elle pense. Elle agit. Sa volonté, sa raison sont plus fermes que l'airain.

La femme moderne est la femme parfaite.

Je la hais.

CAMILLE DE NIVRAY.

XXV

Je n'ai jamais compris cette manie de ceux qui, ayant été distraits ou charmés par un livre, veulent connaître l'auteur.

L'écrivain, s'il a quelque valeur réelle, est et doit être au-dessous de son œuvre.

ZUCCO-ZÉVY

XXVI

Le poète est frère de la courtisane. Il est plus déchu encore. N'est-il point mille fois plus honteux de vendre son âme que son corps.

ZUCCO-ZÉVY.

XXVII

Ceux qui vivent dans leur intimité n'ont que *les restes du public.*

Et quelle tristesse dans les détails biographiques livrés à l'avidité des générations : Browning, épris de titres autant que le valet de chambre d'un comte romain, Baudelaire, prétentieux et poseur ! Le seul poète qui jamais ne déçut une admiration c'est Shakespeare. Sa vie obscure est un chef-d'œuvre.

GERMAIN SABRET.

XXVIII

Il faut un âpre courage pour endurer noblement ce que le peuple appelle : *les petits malheurs*... Les grands deuils s'auréolent d'un prestige et d'une majesté qui, insensiblement, communiquent à l'être frappé un frisson d'héroïsme. Les petits chagrins, les mesquines vexations sont avant tout pour certains êtres les afflictions véritables.

XXIX

Les ombres des choses belles sont, très souvent, plus belles encore que les choses elles-mêmes.

CLOTILDE LIRAULT.

XXX

Les albums sont idiots. Les gens qui écrivent dans les albums sont idiots et ceux-là qui forcent leurs amis à devenir ou à demeurer idiots sont plus idiots encore.

SYLVESTRE.

TABLE

TABLE

PENSÉES

Imp. Coussillan et Chebrou, Niort.

II

Voici le décor parfait. Une chambre où règnerait [illegible]

joindre les mains et l'admirer.

HENRI HAUSKIER.

www.ingramcontent.com/pod-product-compliance
Ingram Content Group UK Ltd.
Pitfield, Milton Keynes, MK11 3LW, UK
UKHW021010200726
13857UKWH00004B/1381